Ce livre appartient à :

À ma tendre Lili
et sa douce imagination.

À mon petit nuage gris Jérémy,
avec qui je ne m'ennuie jamais.

Les émotions de Gaston

JE M'ENNUIE

Aurélie Chien Chow Chine

hachette ENFANTS

Voici Gaston.
Une petite licorne comme toutes les autres,
ou presque...

Parfois, Gaston est content.
Parfois, il n'est pas content.
Parfois, il est tout fou-fou.
Parfois, il est timide.
Parfois, il boude.

Ce sont des émotions.

Et Gaston,
il ressent toutes sortes d'émotions.
Comme toi.

Mais *Gaston* a quelque chose de magique :
sa crinière.

Quand tout va bien, sa chevelure
prend les couleurs de l'arc-en-ciel.

Sinon, elle change de couleur
en fonction de ses émotions.

joyeux

jaloux

en colère

coupable

timide

apeuré

boudeur

triste

Comment se sent Gaston aujourd'hui ?

Pas très bien!

Ah, Gaston ne se sent pas très bien.
Il fait tout gris dans son cœur
et il va nous expliquer pourquoi.

Et toi, comment te sens-tu en ce moment ?

très bien

bien

assez bien

pas très bien

mal

très mal

Pourquoi Gaston ne se sent-il pas très bien ?

Aujourd'hui, il fait un temps magnifique.
Gaston lit tranquillement dans le jardin.
Puis Maman et Papa le rejoignent pour jouer
à « Libère Maurice ! ».
Gaston adore ce jeu.
C'est toujours lui qui sauve le plus de poissons !

Une fois la partie terminée,
Maman et Papa vont préparer le repas.
Gaston se retrouve tout seul. Il ne sait pas quoi faire.
Il décide de les rejoindre à la cuisine.
« Maman ! Papa ! On mange bientôt ? C'est long ! »
Mais ils viennent seulement de commencer.
Gaston va devoir s'occuper sans eux.

Gaston tourne en rond dans la maison.
Il n'a pas la moindre idée de ce qu'il pourrait faire.
Une fois dans sa chambre, il sort tous ses jouets,
ses feutres et ses livres.
Il y a de quoi bien s'amuser !
Pourtant, il s'ennuie.

GASTON
LILI

Souvent, Gaston peut s'occuper tout seul.
Mais quand il n'y arrive pas, il s'embête vraiment.
Un gros nuage gris l'envahit petit à petit,
et plus rien ne l'intéresse.

Et si au lieu d'attendre qu'il s'éloigne lentement,
on chassait ce nuage d'ennui
avec un mouvement de respiration ?

Toi aussi, quand tu sens ce nuage d'ennui t'envahir,
tu peux faire ce mouvement pour **t'en libérer**.

Mouvement de respiration pour chasser l'ennui

1. Gaston ferme les yeux.
Il respire calmement et imagine dans sa tête des petites roues éloignées les unes des autres.

2. Gaston respire et imagine qu'il rapproche ces petites roues pour les faire tourner doucement ensemble, comme un moteur.
Un moteur à idées.

3 Gaston respire et imagine qu'en arrivant à faire tourner le moteur, de la fumée commence à sortir.

4 Gaston respire et imagine à présent de jolies idées au milieu de cette fumée : c'est l'imagination...

Gaston continue de respirer calmement.
Il faut **plusieurs respirations**
pour allumer ce petit moteur à idées.

Parfois, il en faut même beaucoup.
Mais cela vaut la peine d'attendre,
car une fois le moteur allumé,
l'imagination offre de nombreuses idées
pour s'amuser.

Gaston retrouve ses couleurs arc-en-ciel
et a la tête remplie de **jolies pensées**.

Gaston a compris comment trouver des idées.
Il s'installe à nouveau dans le jardin
et laisse aller son imagination.
Il se voit grand magicien !

Il mélange quelques bouts de bois,
un soupçon de terre humide,
deux ou trois feuilles d'arbres et un peu d'eau.
Voici la meilleure potion magique : celle de Gaston.

Ce qui est bien avec l'imagination,
c'est que l'on peut s'en servir à tout moment.

Cet après-midi, Gaston prend le bus
avec Maman pour aller en ville.
Souvent, ça l'ennuie.
Mais cette fois, il apprécie le trajet,
car il se sert de son imagination.
« Regarde ce nuage, Doudou !
On dirait un petit lapin ! »

L'imagination permet de s'évader en rêvant.
Chez le dentiste par exemple, grâce à elle,
Gaston ne voit pas le temps passer.

Si toi aussi, tu as réussi à faire disparaître
ton petit nuage d'ennui, tu te sens peut-être mieux,
plus heureux.

Comme Gaston, apprends à te servir
de ton imagination
et **tu ne t'ennuieras plus jamais !**

PROTÉGEONS LES ARBRES

Retrouve toutes les aventures de
Gaston la licorne

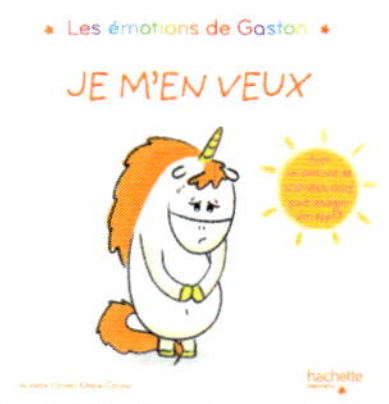

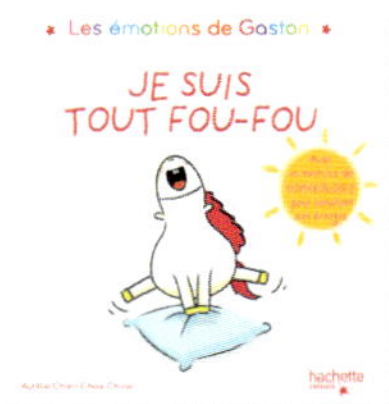

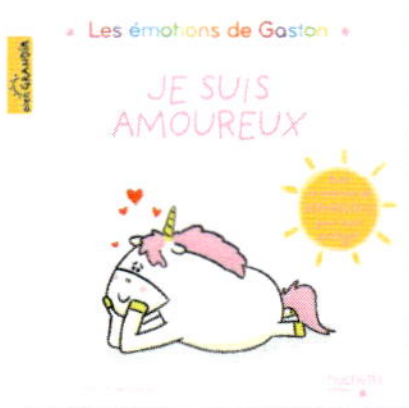

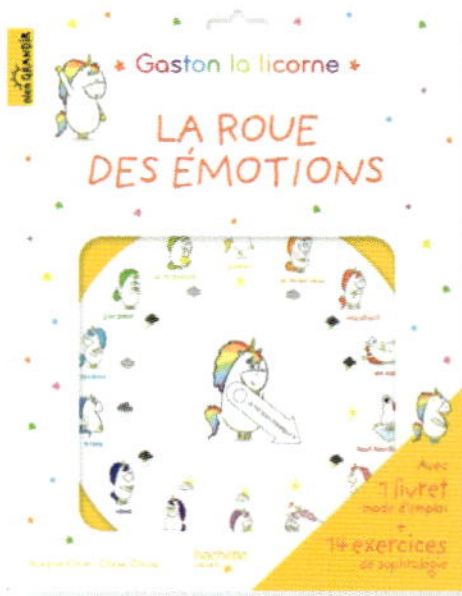